U0019282

獻給Alan和Galip

文／凱特.坦普Kate Temple、約爾.坦普 Jol Temple
圖／泰莉.蘿絲.班頓Terri Rose Baynton　譯／劉清彥
副主編／胡琇雅　美術編輯／蘇怡方
董事長／趙政岷　第五編輯部總監／梁芳春
出版者／時報文化出版企業股份有限公司
　　　　108019台北市和平西路三段240號七樓
發行專線／（02）2306-6842
讀者服務專線／0800-231-705、（02）2304-7103
讀者服務傳真／（02）2304-6858
郵撥／1934-4724時報文化出版公司
信箱／10899臺北華江橋郵局第99信箱
統一編號／01405937
時報悅讀網／www.readingtimes.com.tw
法律顧問／理律法律事務所　陳長文律師、李念祖律師
Printed in Taiwan
初版一刷／2020年05月
版權所有 翻印必究（若有破損，請寄回更換）
採環保大豆油墨印製

這裡會是我的家嗎？

每個故事都有兩面

Kate & Jol Temple

文　凱特・坦普、約爾・坦普

Terri Rose Baynton

圖　泰莉・蘿絲・班頓

翻譯　劉清彥

我ㄨㄛˇ們ㄇㄣ˙的ㄉㄜ˙礁ㄐㄧㄠ石ㄕˊ上ㄕㄤˋ沒ㄇㄟˊ有ㄧㄡˇ空ㄎㄨㄥ間ㄐㄧㄢ了ㄌㄜ˙

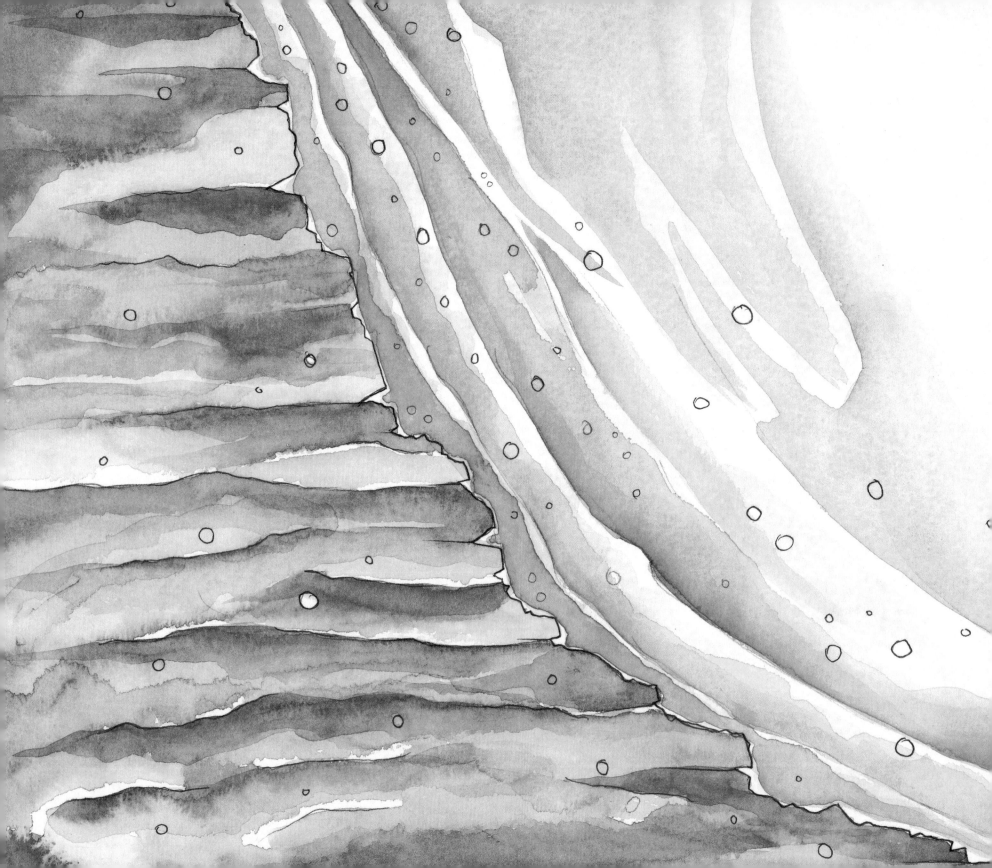

所以ㄙㄨㄛˇㄧˇ，這ㄓㄜˋ麼ㄇㄜ說ㄕㄨㄛ很ㄏㄣˇ可ㄎㄜˇ笑ㄒㄧㄠˋ

來ㄌㄞˊ吧ㄅㄚ˙，這ㄓㄜˋ裡ㄌㄧ˙還ㄏㄞˊ有ㄧㄡˇ很ㄏㄣˇ多ㄉㄨㄛ空ㄎㄨㄥ間ㄐㄧㄢ

嘘（ㄒㄩ）！

走（ㄗㄡˇ）開（ㄎㄞ）！！

你ㄋㄧˇ們ㄇㄣ˙絕ㄐㄩㄝˊ對ㄉㄨㄟˋ不ㄅㄨˋ會ㄏㄨㄟˋ聽ㄊㄧㄥ見ㄐㄧㄢˋ我ㄨㄛˇ們ㄇㄣ˙說ㄕㄨㄛ

歡迎你們來這裡

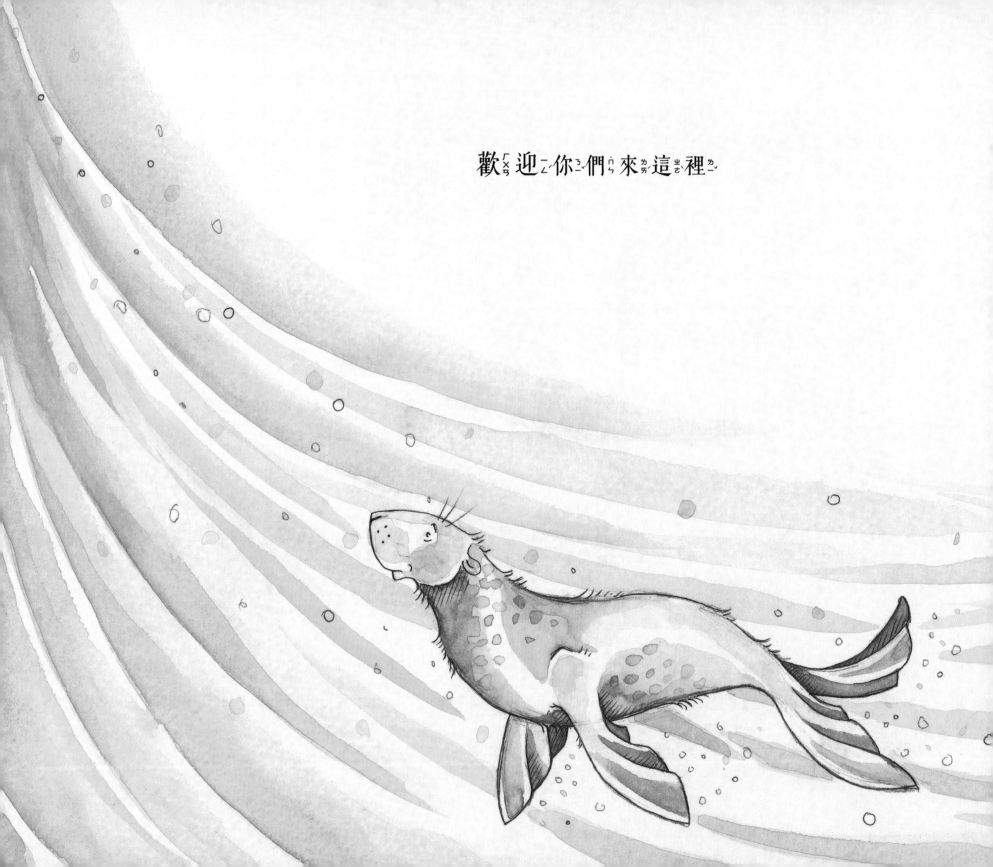

這是我們的礁石

回到自己的地方

你們知道，你們沒有辦法

把ㄅㄚ我ㄨㄛˇ們ㄇㄣ的ㄉㄜ礁ㄐㄧㄠ石ㄕˊ當ㄉㄤ成ㄔㄥ自ㄗˋ己ㄐㄧˇ的ㄉㄜ家ㄐㄧㄚ

這裡沒有地方了

你ˇ們˙必ˋ須ㄒㄩ馬ㄇㄚˇ上ˋ離ㄌㄧˊ開ㄎㄞ

看<ruby>清<rt>ㄑㄧㄥ</rt></ruby><ruby>楚<rt>ㄔㄨˇ</rt></ruby>了<ruby>看<rt>ㄎㄢ</rt></ruby>

快ㄎㄨㄞˋ回ㄏㄨㄟˊ頭ㄊㄡˊ吧ㄅㄚ！

礁石上沒有空間了？ 這是真的嗎？

請倒著讀回去， 就會看見不同的觀點。